JN280667

こういう生き方もある

アルツハイマーの妻を抱えながら末期ガン余命三年と告知された時

嶋田希夫

文芸社

まえがき

それは還暦を過ぎ、漸く夫婦二人で老後を楽しもうと思っていた矢先の晴天の霹靂でした。

天は「人生はそんなに甘いものではないぞ、今からでも遅くないから修錬に励め」と、今日まで平坦な道を歩いてきた私にその付けを回してきました。私にはそのようにしか思えませんでした。

最初は妻が昭和六一年、五八歳でアルツハイマー病を発症してしまいました。九年間の在宅介護を経て平成一二年二月、五年間入所していた施設で妻は他界致しました。

この九年間の妻の介護の後半で、私は不整脈を発症し、その手術を待っている間に脳梗塞を起こしましたが、幸い手当てが早かったので軽い後遺症で済みました。心臓の手術はその二〇日後に無事終了し、ヤレヤレと思ったのも束の間もう一つ絶望的な付けが私に回されてきました。それは末期ガンでした。

平成一〇年の暮れに腎炎で高熱を出し、年明けには治ったものの不安な気持ちは去らず、思い切ってかかりつけの昭和大学藤が丘病院の泌尿器科の診察を受けました。その結果、平成一一年二月「進行前立腺ガン末期、余命三年」の告知を受けました。この時は折悪しくまだ妻は入所中で、病状は痴呆の末期に近くなっている頃でした。

末期ガンを告げられたとき、「来るものが来たか」程度の認識でした。といっても、余命と寿命のどちらが早くやって来るか分かりません。私は妻の介護を通じて得た「人事を尽くして天命を待つ」の格言を信じて、希望を持って毎日を「一期一会」の気持ちで過ごすことに致しました。しかし、口では簡単に言えるものの、単身の実生活では精神的な重圧感はいつも心にのしかかり頭から離れることがありません。

これを救ってくれた大きな要因の一つが三十一文字（みそひともじ）でした。日々に思ったことをアトランダムに詠み、三十一文字に纏める過程を通じて他に対する思いやりや自分の内面を見つめ直すこと等、得ることが多かったような気がします。

現在、デイサービスのボランティア、「ぼけの介護者の会」などに病気と共存しながら参加しておりますが、今の体調ならば告知された余命の日限を乗り越えられるかもしれません。そうなれば満八〇歳を迎えますが、奇しくも妻の三回忌にも当たりますので、これを機にただ一度しかない自分の人生の後半を顧みて、「こういう生き方もある」ことを一冊の本に纏めた次第です。

◆こういう生き方もある——目次◆

第一章

痴呆の妻と共に過ごした日々［一］

在宅介護の記録
（昭和六一年の発病から
平成七年二月
特別養護老人ホーム入所まで）

一——発病から混乱期に入って

在宅介護九年間の妻への思いを、はじめのうちは気紛れにメモしておりましたが、昭和六三年頃からは自分の在宅介護のありさま、思いなどその体験を、書き残しておきたいと思い立ち、折にふれてメモしておきました。そのメモを、妻の特別養護老人ホーム入所を機に、独り居の退屈のままに、当時の思いなど、記憶を辿りながら三十一文字に託して順を追って仕上げてみました。

昭和六〇年暮れも近くなってから、漸く妻のアルツハイマー病の兆候に気がつきました。この病気はしばしば老化と間違えられ放置されることが多く、その兆候に家族が気がついたときにはかなり進行しているといわれております。私の場合もまさにその通りでした。妻は五八歳で、所謂《いわゆる》「若年期痴呆」でありました。当時はこの病気に対する社会的認知は乏しく、どうして良いものか分からず、不本意ながらついそのまま昭和六二年まで放置しておりましたが、その頃になると娘たちも母親のおかしい言動に気がつき始めました。ちょうどこの時、区の広報で「ぼけ相談室」のあることを知り、藁をも摑む気持ちで相談に行くことに致しました。

妻の為すわざの時折訝《いぶか》しく足取り重く「ぼけ相談」に行く

相談の結果、アルツハイマー病が疑われるとのことで検査を勧められ、その先生の病院で検査することを思い切ってお願い致しました。診断は疑われた通りアルツハイマー病でした。本人に対する憐憫の思い、将来に対する不安、これから人生の収穫期に入る矢先、夫婦で老後を謳歌する期待が奪われた失望感等、眼の前が真っ暗になり事実を直視することが出来ませんでした。妻五九歳の時のことです。

癒す術のなき病魔に冒されし老いに入る妻我が如何にせむ

手探りに暗闇辿る残る世は出口見えざるトンネルのごと

昭和六三年に入ると、今まで半信半疑であった診断は事実となって、幾多の症状が現れて参りました。このような現実を目の当たりに致しますと、事実を認めざるを得なくなりました。診断した医師は次の三項目を守るように注意してくれました。

1　自尊心を傷つけないこと。
2　自分が出来なくなったことを感じさせないように思いやること。
3　納得と安心感を与えること。

訝しき仕種の多き妻なれば労《いたわ》り往かむ其《そ》を受容れて

この頃になると炊事、洗濯、掃除等、日常生活に障害が目立って参りました。単純な動作はそれぞれ熟練していますが、仕事としての組み合わせが分からなくなってきたようです。

その結果、作業中、次に何をすればよいのか戸惑うことが多くなり、首を傾げながら手を休めていることがありました。本人はかなり不安を感じていたと思います。そこで、これ以後はすべて必ず妻と二人で仕事をするようにして、出来るだけ独りにしておかないように気をつけました。

来る日毎　厨《くりや》に立てる病む妻に戸惑いさせじとそっと手を貸す

病状はゆっくりではありましたが確実に進行し、平成元年に入ると自分の身の回りの始末もおぼつかなくなりました。しかしこの段階ではまだ、少し手を貸せば何とか自分で出来る段階です。私は一週二回の会社勤めを辞め、将来に悔いを残さないよう、本格的に介護に当たろうと決心致しました。

介護して将来《さき》に険しき道有るも困苦を共に拓き歩まむ

余生籠《こ》め妻の介護に明け暮れむこの人の世に悔い残す無き

病気の進行に伴い、予想したこともないような症状が出現いたします。診察の都度、先生からいろいろ教えていただいたり、保健所から痴呆に関するパンフレットをいただいたりしましたが、それだけでは新しく発症した症状への対応は極めて困難でした。この困難を解決するため、痴呆症の行動の原因と、それに対応する方法を知りたいと切実に思いました。介護の方法は、人により千差万別といわれますが、基本を理解できればその後は、自分に合う、完全な方法とはいえないまでも、それを応用し工夫すれば自分流の、より良い方法を見つけ出すことは可能であると思いました。

頑な妻の介護に悩む日々術《すべ》貧しきに独りひもどく

発病初期、隣組で葬儀があった時、婦人会の人たちがお手伝いをするため、仕事の分担をすることになり、妻にも割り当てられましたが、事情を話してこの分担を外していただきました。このことがあって以来、妻の病気は隣組の人々の知るところとなり、路上で顔を合わせると親しい人は妻の具合や、私の介護に対してねぎらいの言葉をかけて下さいます。親族、近隣の人に自分の苦労が分かってもらえることは、どれほど自分自身の力になるか、身をもって体験致しました。

終わり無き介護の日々に疲れ果つ身は蘇る「良くお尽くしですね」

このような毎日を過ごしている私達を気遣って、時々娘達が手伝いに来てくれます。妻は皆で賑やかにお茶を飲むのが楽しいらしく、穏やかで、娘達もそれがうれしく張り合いがあるようでした。

アルツハイマー病の人はいつも強い不安を抱いているので、一般的には、独りでいるよりも、仲間と賑やかに過ごすほうが精神的に落ち着くということを後になって知りました。

姉妹なる子らの来たりて団欒《まどい》する心癒さる春の日の午後

平成四年頃には攻撃的な症状も出て参りました。自分で出来ることは次第に少なくなり、私に依存する度合いが強くなりました。聞いた事は分かるようでしたが、話すことは困難になり、自分の言いたい気持ちが相手に伝わらない苛立ちを持っている様子です。

私は出来なくなった能力を数え上げるよりも、まだ出来る能力を数えて、まだこれが出来るのだと考えるように発想を転換し、可能な限り現状を維持出来るように、努力致しました。

しかし、攻撃的な症状は突然出てきます。妻に背中を向けて洗い物をしていた時、たぶん妻は、私を呼んだのに返事をしないので、自分が無視されたと思ったのでしょう、暴力に訴えてきました。この時は水の音で妻の声は聞こえなかったのです。

背中《せな》を打つ拳の固く耐え難き痛みに耐えて妻を見詰めき

この不意討ちには怒りを覚えました。その怒りを籠めた気持ちで妻を睨んでおりますと、涙を溜めた目で見返しています。その眼は「信頼している夫に裏切られた」と語っているようでした。たぶんこの人ならば何をしても怒らないと思っていたのでしょう。

私は妻の心中を考え不憫に思うとともに、介護者はいつも心身に余裕を持って対応することが必要であることを教えられました。

看る人の心を映す鏡なり看られる人の敏《さと》き心は

痴呆のいろいろな症状は半年前後で治まり、また次の新しい症状が出てくるといわれております。この頃から屋内の徘徊が始まりました。一回の徘徊はかなり長時間です。当時の我が家は階段室を中心に一回り出来ますので、行き止まりはありません。ただ屋内の環境を整えて危険のないように注意致しました。

この徘徊は外出するそれとは異なり、痴呆の人が持つ不安感を「体を動かす」ことによって解消しているように見受けられました。

ひたすらに板間を巡り疲れけむ遍路の妻に茶菓をもてなす

暴力的な行為はなお続きます。私の右側の肩から横腹にかけて痣《あざ》だらけです。この行為も病気の為せる業と思い、一時期に出る症状と割り切り、やがて終息するものと自らを納得させ我慢して参りました。

激しい物忘れと、新しいことが覚えられない、そして記憶は過去に遡って失われていく……。そのために、精神的不安を持ち、他に依存する度合いが強い、などがアルツハイマー病の特徴といわれております。夕食のあと、ひと片づけし終わったとき何気なく妻の手を見ると紫色に腫れ上がっていました。私を叩いたとき、自分の手も痛かっただろうに……。

日々に増す粗き振舞受くるとも痣多き妻の拳の哀れ

このようにして八年目に入りました。私は妻が快い感情を持続させ、安心できるためには笑うことが最善の方法と思い、笑いを引き出すことを工夫致しました（相手の自尊心を傷つけないように）。そして今日はうまくいった、明日もうまくいきますようにと祈るような気持ちで明け暮れました。

しかし、頑張りすぎて介護者自身が倒れては大変です。そこで演出家の故千田是也氏のモットー「頑張るな、軽く楽しく一心に」を朝日新聞で読んで以来、ずっとこのことを心がけてきました。

拳あげ迫れる妻に戯《おどけ》見せその姿見て共に笑いき

二――日々のひとこま

以下は折々の印象の深い、妻を介護して過ごした日々のひとこまです。思い出すままに漫然と並べてみました。

春の一日、散歩の途上で赤い花を見つけ、ゆび指して「きれい！」と言いました。この時は既に言葉を失いかけている時でしたので、その意外な言葉にびっくり致しました。私も「綺麗な花だね」と相槌を打ちました。

その後、平成七年二月、特養に入所した年の春、悪性症候群で入院した折にも病院の庭に咲いている満開の桜を見て「きれい！」と言ったことを思い出します。病状が進んでいても感情は損なわれていないことを目の当たりにして感動を覚えました。

病妻《つま》の手を曳きて散歩の道すがらゆび指す露地に紅き一輪

家の中に引き籠もっていては良くないので、極力外出するように心がけました。機嫌の良いときにはデパートに買い物に出掛けます。たまたま気に入った物があったらしく、持った手を離しません。本人が意思表示することは滅多にありませんので、値段も手頃でしたから妻を喜ばしてやりたいと思い、希望通り買って帰りました。このスカーフはお気に入りでいつも手にしておりました。

遠き記憶蘇りしや妻の選ぶ模様の愛《は》しきスカーフ購う

童謡や懐メロのビデオを二人で聴いているときは安穏で楽しくさえあります。知っている歌は口ずさみ、全身でリズムを取り、時には手を取り合って私もいっしょに歌います。その時の顔は子供のように無邪気でした。この顔を二度童子《にどわらし》というのでしょうか。また、妻の記憶はどの辺まで遡っているのでしょうか。話は出来ませんが昔の歌を歌って楽しみます。

童謡に幼き日々を夢見るやたゆとう君の二度童子《にどわらし》なる

平成五、六年には病気もかなり進行してきました。筋肉や体力もそれに比例して衰えてきております。しかし、人間はどうであろうと自然は毎年春夏秋冬、必ず巡って参ります。

病む妻の年毎面《おもて》変れどもさるすべりの花今年もたわわ

昭和六三年に入った頃、一念発起して夫婦で旅行することを決めました。病気が進めば外出も儘ならぬと予想される将来に、共通の思い出と話題を作ることと、今までの慰労も兼ねて、旅行が不可能になった平成三年末までに、延べ二一回、北海道から九州まで「フルムーン」などを利用して、旅行に精出しました。お陰でテレビの旅行番組を見ては話しかけるきっかけが作れました。今になって考えるとよく私について来てくれたものだと感慨無量です。

うつしゑを繰りつつ仰ぐ秋空に妻伴いし旅の雲みゆ

妻が自分の意思を言葉で伝えることが出来なくなって以来、動作や仕種によってある程度彼女の気持ちを察することが出来るようになりました。しかし、本人にしてみれば自分の思いのすべてを相手に分かってもらえないという不満はかなりあり、それが暴力の原因の一つではないかと後になって思いました。それ以来スキンシップ、ボディランゲージなどにより、妻の気持ちを察してテンポを合わせ、極力快い感情を持続させるように心がけました。

言の葉を失《う》す妻の仕種 愛《かな》しけり互に思い心通わす

夜は私より早く床に就くことが多く、その後が私の息抜きをする貴重な自由時間です。話をしながら添い寝をすると安心するのか、早く眠ります。その横顔は昼間の怒ったときの顔とは思えないような安心し切った表情で、「今まで心を籠めて介護してきてよかったなあ」とつくづく思うことがありました（なかなか眠らず、夜半まで付き合ったことも間々ありましたが）。

妻の寝む長閑けき面《おも》に見入りつつ介護に暮れし日々の懐かし

介護を始めてから七年、妻が六五歳近くになって、漸く福祉制度を利用できるようになりました。福祉の三本柱といわれるデイサービス、ショートステイ、ホームヘルパーを福祉事務所にお願いして、利用致しました。これらを利用出来たからこそ、九年間妻を介護することが出来たのだと思います。

ショートステイより戻りし妻の湯あみして涼しげに眠る夏の日の午後

介護の折々に思うのは自分たちの老後のことです。生活上のことはともかく、どちらが先に終末に行き着くか、その後の妻のことが気に掛かります。自分の健康管理は十分しているつもりですが。前立腺ガンはこの時には既に私を蝕んでおりましたが、全く気がつきませんでした。

来し方の道を辿りて行く先は天のみぞ知る人事尽くして

やまい得て倒れし後の病妻の介護を如何で他に委ぬべき

平成七年二月、特別養護老人ホーム入所、二年前に申し込みをした本入所の通知が参りました。入所すれば私達二人はバラバラに暮らすことになります。

別れ暮らす妻は笑顔の日々なりやしばしばホーム訪《おとのう》て見む

本入所当日には、ひどい罪悪感に囚われました。それは、妻を入所させ、住む所が変わる不安を与える代わりに、これで自分は楽が出来るという潜在意識があったからだと思います。妻には行き先を告げず、ドライブに行くように装いました。小春日和のような午後のことでした。今でも事あるごとに、あれで良かったのだろうかと後悔します。妻の弟が車で送ってくれました。

特養へ冬の日和の昼下がり行く先知らぬ妻伴いて

毎日の生活のすべてを私に頼っていた妻に対して、私のしてきた介護を反省する時、やはり後悔の念がつきまといます。特別養護老人ホームに入所した後しばらくして、気持ちに余裕が出来ると独居の手持ち無沙汰も手伝って、なおさらその感が強くなりました。

己《おの》が手に全てを委ねし病む妻に介護の術の足ると思えず

今日まで妻を在宅介護してきて、漸く特別養護老人ホームに本入所出来た現在でも、肩の荷を全部下ろしたとは感じられません。また、夫婦の幕引きは「私自身の手で」と日頃から願っておりますので、その日の来るまで「良い人生だった」と思えるように、悔いのない、互いに楽しいと思う共感を持ちながら、或いは持ち得るように、自分らしい日々を過ごしたいと念願しております。

生命とは永きも否《いな》もさだめとて妻見届けて旅に発ちたき

妻の発病により、私達の絆は一層強くなったと思います。そして現在のように、福祉に熱心な多くの方々に出会い、教えられ、残された人生を有意義に過ごしたいと考えるようになりました。入所した後は万一の時にも、後に悔いを残さないよう努めたいと常々思っております。ほぼ二年経った今では、ホームの職員の皆さんに馴染み、環境にもすっかり溶け込んだ様子です。今にして思えば、私の介護の原動力は「後悔したくない」の一語に尽きると思います。

入所して早や幾月の過ぎにけり訪うごと妻の笑みはこぼれて

ホームには出来るだけ足繁く訪ねるようにしています。私が夫であることを忘れられないために。そして、妻の喜ぶ顔を見るために、訪問する度にいつもしみじみ思います。

老人《おいびと》を優しく護る寮父母の心を籠めし介護に感謝

●平成九年一〇月追記

過去の介護セミナーで、時々「どうすればそのような介護が出来るのか」という質問をいただきました。それに対しては、

1　人間はその立場に立たされれば、誰でも否応なく出来る。

2　万一の時にも後悔のないように日頃から意識して努力する。

3　痴呆についての理解と思いやりのある上手な介護は、痴呆の進行を遅らせ得る唯一の方法である。

4　お年寄りが心に描いている過去の世界と現実との間に、出来るだけギャップを感じさせないように、必要あれば芝居をしてでも相手を納得させるように工夫する。

と答えて参りました。この事どもは私自身が痴呆の理解を通じて妻を介護した体験によるものです。しかし、看取られた介護者の方々のお話を伺うと、多くの方が「今ぐらいの知識があったら、もっと良い介護が出来たのに」、とか、「満足な介護が出来ていただろうか」など、過去の介護について自分を責める声が聞かれます。そして、漸く肩の荷が下りたと「ほっと」すると同時に今までの疲労、ストレス、喪失感などが出現して健康を害し、立ち直るまでにかなりの時間がかかるとのことでした。

数年前に夫を亡くした方といまだに病院でお目に掛かることがあります。私も平成八、九年に心臓病の治療のためしばらく入院を余儀なくされ、平成九年には脳梗塞を併発し、リハビリのため九月半ば過ぎて漸く退院できました。

かくして妻の発病から施設に入所するまでの九年間、なんとか介護してきましたが、それには左記の資料が役に立ちました。

『アルツハイマー病の進行状態の特徴――ぼけの受け止め方、支え方』（杉山孝博著）

第一期　健忘期（初期）

頭痛、肩凝《こ》り、疲労感を訴え、鬱《うつ》状態になります。物忘れが多くなり、同じ言葉を繰り返して言うことが多く、更に進むと季節や月日の取り違え、時間に対する見当違いが明らかになり、日常での混乱が起こります。このような状態は二年から四年間継続します。

第二期　混乱期（中期）

物忘れがひどくなり、自分のことや家族や社会、古い記憶などスッポリ抜け落ちてしまいます。物の名前が出てこなかったり、勘違いしたり、作り話をするようになり、外に出ても自分の居所が分からなくなったり、徘徊が見られたり、易怒《えきど》、打撃、失禁など、家庭内介護を難しくする問題行動や精神症状が出てきます。

第三期　痴呆期（末期）

完全なボケ状態になります。自分の名前や出生地など、ごく断片的な記憶が残るものの、家族のことさえ分からず、鏡に映る自分に話しかけるような事があります。失禁や弄便が見られ、一日中ぼーっとしていることが多くなります。やがて、寝たきりになると徐々に植物状態になっていきます。これら一連の経過は、三年から十数年に亘ります。

第二章

痴呆の妻と共に過ごした日々［二］

施設に入所中の記録
（平成七年二月
特別養護老人ホームに入所
平成一二年二月他界）

折りに触れて心に残ったこと

平成七年以降は、私に残された半生を左右するような出来事の連続でした。

妻は入所したその春、悪性症候群による高熱のため、約二カ月間の入院、その年の七月は嫁した長女が病を得て早世しました。これをきっかけにして介護中に発現した心臓病によって私自身の体調も悪化して手術、脳梗塞など度重なる災厄に見舞われ、神仏にも見放されたのかと本心から考えたときもありました。

しかし、九年間の介護生活中に学んだ経験によって、この災厄を何とか乗り切ることが出来ました。現在では、これらの経験をしなければ学べなかった貴重な体験をすることが出来て良かったと思っております。人はいつどうなるかは天の思し召しであると思います。

妻は、在宅介護九年、入所の後五年を経て帰らぬ人になりました。発病してから一四年、七二歳の生涯でした。

●平成八年半ばを過ぎて

妻が発病してから一一年、入所してから早や、足掛け二年目に入りました。歩く力もかなり衰え、殆ど車椅子で過ごすようになったようです。私が不整脈のカテーテルアブレーションによる検査および手術のため入院して、六月半ばに退院して間もなく面会に訪れた時です。あれほど元気だった妻が二年足らずのうちに歩行が困難になるとは！　悪性症候群が引き金となり向精神薬と相まって衰弱したのかもしれません。幾らかは歩けるようでしたが。

ひもすがら板間を徘徊し居し妻の姿の今は車椅子の人

ベッドに横になっていたり、車椅子に座っているとき、手を伸ばすと私の手を握りながら微笑《ほほえ》みます。その笑顔に惹かれて今日も顔を見に出かけます。

伸べし手を吾と結びて微笑めり安く楽しきホームにあれば

時々、気持ち良さそうに居眠りしていることがあります。心から安らいでいるようでした。痴呆の記憶は過去に遡るといわれております。十代になっているかもしれません。

車椅子に乗り居る妻のまどろみは遠き昔の楽しき夢か

夫婦は前世から、赤い糸で結ばれていたそうです。次の世に生まれ変わったときも、再びまみえたいと思います。

君が縁《えにし》結びし赤き糸なれば何時の世までも共に紡がむ

痴呆症の介護は本当に大変です。この職業に就くことは「思いやりと奉仕の精神」

がなければ、一日でも勤まらないと思います。この道を択《えら》んだ方々に心から感謝致します。

老い人に優しく交じる寮父母のこの道択びし心尊き

●平成九年半ばを過ぎて

平成九年一月から六月まで心臓、脳梗塞とそのリハビリで入院しておりました。退院後、早速半年ぶりに面会に行き食事の介助をしました。食べさせるときは、「ご飯だよ、南瓜だよ、旨そうだな」などと言いながら口へ運びます。こぼしたときは、「ごめん、ごめん」と笑って謝ります。妻は私の手から美味しそうに食べてくれました。

食事介助為す我が手許あやうけりごめん、ごめんとくちもと拭う

近頃は、微熱の出ることが時々あり、ベッドに横になっていることが多くなったようです。しかし、平熱の時は車椅子に座って食事をし、出来るだけ体を起こしておくようにしているそうです。

病む妻の手足を撫でつこと問えば頷《うなず》くまなこ笑みをたたえて

病状は進んでおります。この頃はほとんど自分では動けなくなりました。私が訪れた際に、ぼーっとしている時があります。しかし、顔を覗きながら声をかけると、私の顔を見つめながらニッと笑います。

癒えぬ病《やまい》早十二年の過ぎし今妻は眼を宙に遊ばす

微熱が時々出るのは痴呆の進行による体温調節機能低下のため、という主治医の説明でした。そのため、健康の保持のためには毎日一定量の水分の補給が大切なのだそうです。しかし殆ど寝たきりで、これだけ飲むのは結構大変のような気がします。

来る日毎二リットルなる水の気を飲み易かれと吸い飲み使う

介護に来た寮母さんが、妻の耳元で賛美歌をうたいましたので、私も小声で唱和しますと、妻も唇を動かし涙を溜めておりました。感情はまだ十分残っていることを実感して嬉しく思いました。妻が「キリスト教徒とは?」、そういうことはないと思います。

賛美歌に滲む涙の妻なれば思い遣るのみ為す術《すべ》のなき

昼寝から覚めた時、少しの間ですが「キョトン」としております。そして私の顔を「ジッ」と見詰めて、漸く頬を崩します。私を夫と認識してのことでしょうか?

まどろみに憩える夢のつづく如《ごと》待ち入る瞳君見る瞳

妻は私を夫と認識しているのでしょうか。それともいつも見舞いに来てくれる面白い小父さんと見ているのでしょうか。私は自分の鼻を指して「この人はだあれ」と言うことは絶対にしません。時々、そういう人を見かけますが。

「こんにちは、君の夫《つま》です『まれお』です」惚《ほう》けし妻に自己紹介する

手を握ると、握り返します。そのまま眠る様子なので、手を離そうとすると薄目を開けて私を見ます。仕方なく眠ってから暫くそのままにして寝息をうかがいながら、漸く帰途に就きます。

細き指をそっと解かむと病む妻はうすめ開きて我を確かむ

今日はクリスマスです。室内は綺麗に飾られ、今日に相応《ふさわ》しい音楽が流れています。おやつはケーキと紅茶です。名前を呼びますと頷いて笑顔を見せました。私は風邪が漸く治りましたので二週間ぶりに早速会いに来ました。元気な顔を見て安心しました。

名を呼べば妻の面《おもて》のほころびぬ温《ぬく》き手指に力こもりて

平成九年もあと二、三日で終わります。今日は娘と午前中、早めにホームへ妻の顔を見に参りました。ベッドメーキングと着替えが終わりましたが、無表情で私達を見ております。一瞬不安が胸を過りましたが、少し経って私がミルクを飲ませているうちに漸くいつもの顔に戻りました。

夫我《つま》を見詰めおりにし病む君に汝《な》の夫なれと濃く映れかし

●平成一〇年に入って

新しい年が明け、平成一〇年に入りました。去年の暮れ頃の状態ではそろそろ終末期に入ったかと思いましたが、この頃は熱もなく今日は既に入浴を済ませ、昨年暮れの状態が嘘のように、機嫌良く、表情に明るさが戻ったような気がしました。

妻の面《おも》明るくなりぬ寮父母の日毎の介護ただ有り難きのみ

最近は食事を口へ運んでも自ら口を開かないようになりました。食べ物をスプーンに乗せて、唇に触れると幾らか口元が緩みます。そのタイミングを見計らってスプーンの中の食べ物を口の中に入れてやります。食事は寮父母さんが一時間位かけて介助してくれます。

食べることの習慣《ならい》を君は忘れしか唇《くち》緩むを待ち食事の介助

一月末近くに訪れた時も、ちょうど食事の時間でした。口を開かせようと思って、リクライニングの車椅子に座っている妻に滑稽な仕種をして見せました。その時、妻が「バカ……」と言ったように口を動かし、そう聞こえました。病状が進んでも本人には自尊心が残っており嬉しく思いました。

唇《くち》動きつぶやくことの現《うつつ》なれば我に語れよ君の求むを

言葉を失った妻を見ている時、つくづく思います。

病む妻よ言葉失いたる君と共に語るは夢見の中か

二月四日から一一日まで、眼の治療のため入院しておりましたので、一七日に半月ぶりで妻に会いに行ってきました。今回は私の顔を見るとすぐに笑顔をみせ、こちらが笑うと一緒になって声を出して笑うぐらい元気でした。スキンシップですっかり寛いでいるようでした。

満ち足りしひるげの後のひとときを我が手と結び安寝《やすい》楽しむ

おむつを交換する時にぶつかりました。温かいタオルで清拭の後、使用したのは布製でした。決められた時間に一斉に行なうのではなく、個人の周期に合わせている様子でした。

霜解けの丘の草々伏せるごとむつき替えにし時のまにまに

三月半ば頃、昼少し過ぎに訪ねて行った時、放心したような面持ちで、私の顔を見ても反応がありません。少々気に掛かりましたが、手をとってリズムに合わせながら小声で妻の好きな歌を歌いますと、やおら顔をこちらに向け直し歌詞に合わせて唇を動かします。歌い終わって顔を見ながら話しかけると活気のある笑顔を見せました。歌が記憶を蘇らせたのでしょうか。

わらべ歌聞けば惚けし妻の唇《くち》動くは幼き記憶の中か

私が訪ねる前から目を覚ましていたらしく、声掛けにすぐ反応して笑顔を見せました。ちょうど一〇時頃でおやつは温かい牛乳です。二〇〇ＣＣの吸い飲みは直ぐ空になり、やがて機嫌良く夢路を辿り始めました。好きなものの味はまだ記憶にあることを教えられました。

ホットミルク味わう妻は過ぎし日の覚え残るや笑い弾《はず》みて

近頃は自身では全く動けませんので、すべて介護者に頼っております。手の指を握ることくらいはまだ出来ますが。人生のサイクルの不思議さを考えさせられました。

妻は早や我と動けず寮父母に介護され居り嬰児《みどりご》の如

近頃は症状も落ち着いているので、昼夜のけじめが分かるようにポロシャツに着替えることと、その他、残存能力を引き出すような介護が出来るようになったそうです。今日もポロシャツを着て車椅子から外を眺めておりました。

窓辺の桜の花は満開です（四月五日）。

病状の落ち着きて又或るときは落ち着かずして妻は病み往き

昨日までの冷雨が嘘のように今日は暖かい良い天気になりました。去年は私が入院していたのでお花見が出来ませんでしたが、今年は車椅子でベランダに出て、散りゆく花を惜しみながらこころゆくまで二人で楽しみました。来年も二人でお花見が出来ることを祈る気持ちです。

年ふりし桜の吹雪楽しけり車椅子なる妻の面映ゆ

妻を訪ねたのはちょうど昼食が終わった時でした。午後から入浴の予定なのでベッドではなく、車椅子で順番を待っておりました。私が話し掛けると時々頷いたり唇を動かします。

幾百の求めを妻は告げにけむ触るる手指と動かす唇《くち》に

六月二〇日、あと二口か三口で昼食が終わる頃でした。今日は口元が緩く、食事を口に運ぶと自分で開きました。寮母さんは食物の香りとタイミングの良さでしょうと言っておりました。

固く結ぶ君が口許緩みしはひるげの記憶蘇りしや

●平成一〇年半ばを過ぎて

七月中頃、ホームから妻が痙攣の発作を起こしたとの電話を受けました。日を置いて四回あり、そのうちの一回は七分間続きチアノーゼが見られたという話でした。これは呼吸が止まったため、血液の循環が悪くなったのが原因の由。直ちに看護婦が嘱託医に指示を仰ぎ事なきを得ました。

アルツハイマー静かに重篤《あつ》くなる君に尽くす力の無きぞ空しき

今日在るは君在る故の理《ことわり》ぞ我が運命《さだめ》もて永久《とわ》に支えん

七月二二日、この日は一つの節目であると思います。先生と将来のことを相談いたしました。意思確認には娘も一緒に立ち会いました。一方、見舞いに来てくれた妻の弟妹たちは部屋で妻に声をかけておりました。弟妹等三人と私たちと五人でほぼ一時間近く話しかけておりますと、声を思い出したのでしょうか、嬉しそうな顔をして微笑さえ洩らしました。やがて弟妹たちが帰ると淋しそうな顔をしていますので、そのまま帰るのは不憫に思い娘と二人で相手をして、こちらに関心を向けていない時を見計らって辞去致しました。「血は水より濃い」といいます。何年も会っていない弟妹たちを認識できたらしいのは本当のことだと思いました。

慰めに訪《と》う同胞《はらから》に心満ちし君が笑顔を心に刻む

病む妻のインフォームドコンセント医師の誠意《まこと》を御手に任せて

痙攣の発作以来、食事はミキサー食になりました。ご飯は白、野菜はそれぞれの色、焼き魚は黄色、フルーツもそれぞれの色、内緒で味見をしましたが、食材そのものの風味を持ち、結構美味なのは意外でした。食事は種類毎に別々に食べさせており、介助する人の都合に合わせるのではなく、介助される人の身になって世話をする姿勢が

郵便はがき

恐縮ですが
切手を貼っ
てお出しく
ださい

1 6 0 - 0 0 2 2

東京都新宿区
新宿 1－10－1
（株） 文芸社
ご愛読者カード係行

書　名			
お買上 書店名	都道府県　　市区郡　　書店		
ふりがな お名前		明治 大正 昭和　　年生　　歳	
ふりがな ご住所	□□□-□□□□	性別 男・女	
お電話 番　号	（書籍ご注文の際に必要です）	ご職業	

お買い求めの動機
1．書店店頭で見て　2．小社の目録を見て　3．人にすすめられて
4．新聞広告、雑誌記事、書評を見て（新聞、雑誌名　　　　　）

上の質問に 1. と答えられた方の直接的な動機
1. タイトル　2. 著者　3. 目次　4. カバーデザイン　5. 帯　6. その他（　　　）

ご購読新聞　　　　新聞	ご購読雑誌

文芸社の本をお買い求めいただき誠にありがとうございます。
この愛読者カードは今後の小社出版の企画およびイベント等の資料として役立たせていただきます。

本書についてのご意見、ご感想をお聞かせください。
① 内容について

② カバー、タイトルについて

今後、とりあげてほしいテーマを掲げてください。

最近読んでおもしろかった本と、その理由をお聞かせください。

ご自分の研究成果やお考えを出版してみたいというお気持ちはありますか。
ある　　ない　　内容・テーマ（　　　　　　　　　　）

「ある」場合、小社から出版のご案内を希望されますか。
する　　しない

ご協力ありがとうございました。

〈ブックサービスのご案内〉
小社では、書籍の直接販売を料金着払いの宅急便サービスにて承っております。ご購入希望がございましたら下の欄に書名と冊数をお書きの上ご返送ください。（送料1回380円）

ご注文書名	冊数	ご注文書名	冊数
	冊		冊
	冊		冊

印象的でした。

妻は再《また》ベッドの人となりにけり痙攣発作無きを恃《たの》みて

平成一〇年末、特別養護老人ホームに入所して三年七カ月、クリスマスを楽しむことは出来ませんが、どうやら新年を迎えることは出来たようです。妻は夢見の中では童女になり家族の団欒を楽しんでいるのでしょう。

クリスマス、正月はまた巡り来て去年の祝いを思い連らぬる

●平成一一年に入って

最近一年近く私の体調悪く、昨年の一二月末に腎炎のため高熱に見舞われ、寝正月を体験させられました。今年一月になって意を決して診察を受けましたが、あらかじめガンの検査と言われておりましたので前立腺ガンの末期と診断されてもそれほど狼狽することもなく、「来るものが来た」程度の気持ちで受け入れることができました。

末期ガンの告知を受けて思うこと今日の一日穏やかに生くと

去年の春はここのベランダでお花見をしましたが、今年は寝たきりとなりましたのでそれも出来ません。妻の容態はその衰えを加速しました。あれからまだ一年しか経っていないのに。

去年《こぞ》に賞でし桜は今日も花吹雪自然は巡り人は老いゆく

その日は外出が困難でしたので、妻の七一歳の誕生日のお祝い電報を打ちました。その後二、三日して見舞いに行きますと、私の手をしっかり握りニッコリ笑いながら唇を動かし話しかけるような素振りをしましたが、こちらは妻のいじらしい様子に頷くのが精いっぱいでした。

言葉なき笑む口もとを見つめつつ頭を垂れて奇跡を願う

四月の中頃、私は激しいめまいに襲われ、三日間寝たきりを余儀なくされました。全治するまでほぼ二〇日ほどかかりました。その間一カ月半ほど可哀想だと思いながら、見舞いを中断せざるを得ませんでした。めまいがおさまって五月二六日に会いに行きました。唇を動かしましたが笑顔はありませんでした。その日は一回だけ笑いました。右手にはまだ幾らか握る力が残っており、握手した手をなかなか離しません。しばらくそのままにしていると安心したのか、疲れたのか、やがて夢路を辿り始めました。

手指をば握る力のか弱さに病の篤き妻に見入れり

●平成一二年に入って

二月二日、午後から妻の見舞いに行き、午後七時頃まで胸をさすったり手を握ったり髪を梳かしたりしておりましたが、私も心臓、脳血管疾患、手遅れの前立腺ガンを持っており、モルヒネで痛みを抑えておりますので最後のふんばりが利きません。寮母の方からベッドを用意するからと付き添いを勧められました。

この時、「明日あたりが峠かな」という予感が脳裏を過りました。ベッドを用意してくれることは「神のお取計らい」に違いないと思いましたが、最近寒さのためか体調が思わしくなく、外泊する自信はありません。仕方なく自分の体調を考え、後ろ髪を引かれる思いで一旦帰宅いたしました。最後一晩ぐらい無理しても付き添ってやればよかったと後悔しております。しかし、そうしたら私の体調はどうなったか。それは神のみが知るところです。

目をつむり喘ぐが如く呼吸する君許し給え付き添へざりしを

思えば去年の秋頃、優しかったベテランの寮母三人が櫛の歯が欠けるように辞めてからは、偶然にも妻の容態も次第に悪くなっていきました。褥瘡《じょくそう》の兆候も出始めました。勿論エアーマットは使っておりますが……。しかし、食事は口に入らず水分も飲み込めず、啖は喉にからみ呼吸する度にゴロゴロ音がします。水分補給の唯一の点滴も血管が細く、脆くなっているため輸液は漏れてしまいます。

延命治療で苦痛を与えるよりも本人が穏やかに自然の成りゆきに任せたほうが幸福ではないかと自分の身に代えて考えました。私の父母の時のように。しかし、呼吸があまり苦しそうでなかったのが唯一の救いでした。

翌二月三日の朝、ホームの職員より容態急変の通知を受け直ちに駆けつけましたが、午前一〇時、ついに力尽き眠るように帰らぬ人となりました。その顔は穏やかで安らかにさえ見えました。その平和な表情を見て「ほっ」とすると共に、今まで介護してきた私に一種の満足感と心の癒しさえも与えてくれました。たぶん妻は心の中では、「有り難う、先に行きます、さようなら」と呟いていたと思います。

共に最期を看取っていただいた看護婦さん、介護職員、関係者の皆さんに感謝の意を捧げます。
〝皆さん、長い間有り難うございました！〟

第三章

妻の旅立ちに思う

アルツハイマー病発病から満一四年です。その間ベストを尽くしてきたつもりでしたが、最後の一晩だけでも一緒に居てやれば良かったと悔いが残ります。残念です。

朝まだき知らされし妻の急変に駆け付く道の斯くも遠きか

妻は死に臨んで私が来るのをどれほど待っていたのでしょうか。無意識のうちに妻の温かい手を両手で抱いておりました。

君は今永久《とわ》の眠に就き給う温き体に名残り惜しみて

臨死体験者から「暗いトンネルを出ると一面に綺麗な花が咲いている野原に出た」と聞いたことがあります。妻は痴呆の末期ですから、記憶は子供の頃に戻っていたと思いました。

天に還る妻は童《わらべ》の夢に居て光る花野を駆け抜けてゆく

妻は現世のしがらみを肉体と共にこの世に残し、悩みのない自由の世界に入りました。

魂はいま蝶になり青空へからだ脱ぎ捨て舞い昇りゆく

人が死んだ後、魂は星になって下界を見守っていると子供たちに話したことを思い出して。

魂は駆け昇りたる大空の星辰《せいしん》となり我を見守る

私は前世で修行が足りなかったのか、妻は現世で私にもっと修行をさせるための遣いだったかもしれません。私は自分の修行は中途半端であると思っておりますが。

君は天より遣わされし使者なりやつとめ果たして天に還りぬ

●通夜、葬儀に思う

今日は二月初めの春のような日和。そういえば特養に入所した日も五年前の二月一日、春のような日でした。妻のすべての安らかさに、私の悩み、悲しみは癒されました。

薄化粧装う君は安らかに息吹くがごとく棺に臥しおり

汝《な》が頬を撫でてやらんと手をやれば冷たかりけりガラス器のごと

人間界のすべてのしがらみから解放されて飛び立った蝶に、時々でもいいから姿を見せてほしい。

願わくば庭に舞い来る蝶となり再び吾とまみえんことを

妻の介護を通じて、私は人間として何か大事なものを得たような気がします。妻の死を超えて今後命が続く限り、奉仕活動をすることが、私がそれに報いる道かと思っております。

一〇余年アルツハイマー患《わずら》いし君ありてこそ今の吾あり

宇宙の摂理は厳正です。人間の力などとても及ぶところではありません。

死は生の行き着く終末《さき》と識りながら妻の命の惜しくもあるかな

嫁した長女は平成七年七月に病死致しましたが、病妻には何も知らせませんでした。先に逝った長女に迎えられた妻はさぞかし驚いたことでしょう。そのことを知らせなかった私を二人で非難しているかもしれません。いや！　きっと再会出来たことを喜んでいるに違いありません。

先に逝きし吾子と再会せし妻は聖園《みその》に在りて何を語るや

●平成一二年五月

昭和六一年の妻の発病以来、平成一二年二月の最期までを曲がりなりにも記録することが出来、私の念願をやっと果たすことが出来ました。しかし私は、この時には既に平成一一年二月、前立腺ガン末期、余命三年の告知を受けておりました。妻と私のどちらが先に人生のゴールに入るか。このストレスはかなりの重さで私に覆い被さってきました。しかし、今になってみると、妻の穏やかで平和な死が私を癒しこのストレスを取り除いてくれたのだと思い感謝しております。

妻を亡くした今、考えることはガンと如何に友好的に付き合って、高いＱＯＬ（生活の質＝quality of life）を保ちながら残された時間を有効に過ごすかということです。医師は末期ガンは勿論、心臓病と脳梗塞もあるので、このような慢性の老人病と上手に付き合っていくこと、やがて現在の内分泌療法が効かなくなり前立腺ガンが再燃し、遠隔臓器に転移したとしても現在緩和ケアに通院して経過を診ているのでいつでも対応出来るから、もっと気楽に毎日を過ごすように言われました。このようなセーフティーネットに支えられ、とにかく一安心というところです。

今後、一日一日を大切にして、天に召されるまで自分らしく生き、ボランティアを続けていきたいと念願しております。

第四章

前立腺ガン末期、余命三年の告知を受けて

末期ガンの告知
妻への挽歌
ガンを持って生きる
人生折々の揺らぎ

●平成一一年二月、告知される

平成一〇年半ば頃から排尿時に自覚症状を覚え、更にその年の暮れに腎炎で高熱を出しました。近くにある診療所で何とか治まりましたが、はっきりした原因を確かめるため翌年早々、大学病院の泌尿器科で診察を受けました。その結果、触診で前立腺ガンを疑われ念のため生検を行なったところ、予想通り「進行前立腺ガン末期、骨転移あり」と診断されました。しかし、前以てガンかもしれないと分かっておりましたので、「やはりガンだったのか」という程度でそれほどショックは受けませんでした。インフォームドコンセントで、医師は手術、放射線、抗ガン剤等各種の治療方法を挙げましたが、いずれも病期は進展度D２で骨盤に転移している末期ガンであり、本人の健康状態と年齢から考えると無理があるので、内分泌療法が最良の選択であると教えられました。

私は娘と二人でこの告知を承知しました。治療方法は決まりました。この時余命について医師は話すことを躊躇しましたが折り入ってお願いしたところ、あと三年は保証するとの答えを得ました。七七歳の三月のことでした。これを契機として四週間毎の抗男性ホルモンの注射が始まりました。

末期ガン余命三年と告げられし喜寿の弥生は余命のスタート

私はこの時、ガンと寿命の競走が始まったと思いました。アルツハイマーの妻を九年間在宅介護した結果?の心臓病、その結果の脳梗塞、そしてガン。高齢者の死亡率の高い病気を独り占めにしたのですから、我ながら良く三拍子揃ったものだと感心しました。一度しかない人生で、こういう体験は滅多に出来ることではありません。

そこで我が人生をゲーム感覚で、どちらが先に私を終末に追い込むかを賭けてみようと思い立ちました。勿論、病気のほうが天寿より後になることを願って。

我が得たる前立腺癌は生甲斐ぞ余命と天寿の競うにちにち

アルツハイマー病の妻は特別養護老人ホームに平成七年二月に入所して、現在は既に末期の状態です。万一私のほうが先に逝った時、妻を誰が介護してくれるかを考えますと、まるで頭を石で押さえ付けられているようなストレスを感じます。

あと三年《みとせ》と告知のありて思うなり先には逝けず病む妻おきて

そして、ときどき考えます。もし妻が先に逝ったら蓮の花に座っていて、私を見つけたら飛んで迎えに来てくれないかと。

願わくば我が請い抱きて逝きし妻の瞳《め》の待ち居りて蓮座に座《おわ》すを

世の中、「持てる者、持たざる者」と言いますが、ガンはどちらかと問われれば自分自身の細胞がガン化したものなので、やはり「厄介者を持てる者」と答えざるを得ません。しかしこの厄介者を受容出来れば、持てる者になれるかもしれません。

持てる者持たざる者は世のならいされば癌とは負を持てる者

●平成一二年八月

この間「ガン患者の会」で、ある男性が、「夜寝るのが怖い」と言っておりました。この言葉は「言い得て妙」、私の内心をズバリ表現してくれました。

夜に寝て永久に覚めずば黄泉の国死とは斯くやと思いめぐらす

人は前世から天の摂理により現世に遣わされ、任務が終わればあの世に還ります。宇宙から見れば我らの人生などは僅か一瞬でしかありません。しかし、この一瞬の世に在る限りベストを尽くすべきであると思います。

この世とはあの世へ還る一筋の道を旅する仮の宿なり

妻が永眠したとき、彼女の魂は現世のあらゆるものから解放され蝶になって天に昇ると詠みました。ふと気がつくと狭い庭を白い蝶が舞っていました。

妻逝きて幾月の後再会の願い叶うや蝶の舞い来る

●平成一二年一一月

妻が他界してからはどれほど美しいものを見ても、「心ここに在らざれば、見れども見えず」です。喪失感をまだ引き摺っていることに気がつきました。

一人来て満山もみじ覆へども共に賞でにし輝きはなし

妻がアルツハイマー病の初期には、よく妻を家に置いて独りで写真を撮りに出かけました。夕方になると妻のことを思い出し、何となく残してきた妻のことが心配になり急いで帰宅したものです。

沈む陽の影にかくれし人里の窓の灯りに家路を急ぐ

気晴らしをしようと思って旅行に行っても、自分独りでは虚しさが募ります。美しく、豪華であればあるほど虚しさは重く白々しく感じられました。

介護すべき妻いまは亡く旅先の手持ち無沙汰な豪華なホテル

痴呆の介護では「先手の介護」「介護され上手」など自分が体験したことを、現在、在宅で介護している方々に話すことがあります。一方で妻の死後の表情を見てその安らかさ、穏やかさに、自分のしてきた介護の満足感、達成感など、悲しみの中にも遺族を癒す力のあることを発見しました。

遺されし人の心を癒すらむ妻に学びし介護され上手

妻の病状の進行を予測して前以て心の準備、介護用品を用意して相手に不安感を与えないように注意しました。こちらが狼狽すると相手も不安を感じます。うまくいったときの喜びはお互いの心が通じ合い絆が一層強くなった気がしました。

痴呆病む妻の心を身に受けて微笑み交す先手の介護

一方、末期ガンの私は、現在は緩和ケアを受けておりますので、痛みは殆どありません。私の場合はガンと闘うのではなく、共生することが主眼です。不即不離の状態は良好のようです。しかし、ガンの転移した骨盤などには細心の注意を払っております。

忘れ居る時もあり又思い居る時も間々ある癌との付き合い

●平成二二年一二月

私はあまり信心深いほうではありませんが、毎日朝晩、仏壇にだけはお参りします。朝は今日の無事を、晩にはその日の出来事を妻と娘の写真に口の中で話し掛けます。二人の写真をじっと見ていると過ぎし日のいろいろなことを思い出し、時々タイムスリップしたような気持ちになることがあります。

仏壇のまだ日を経ざるうつし絵に今日の日の無事独りごち居り

八十の手習いではありませんがパソコンを買いました。この年になっても好奇心は強いようです。しかし取扱説明書は横文字ばかりで、しかも文字が小さいので往生しましたが、孫が教えてくれるので心強いです。なかなか理解できないことは年のせい？にして教えてもらっています。

大晦日に泊まりに来るとパソコンを教えくれつつ孫はひとこと

大晦日の夜、練習中に居眠りをしたらしく、気がついたら空は明るくなっていました。能力の限界を感じました。孫と二人で元旦を祝い、彼は昼頃家族が待つ自宅へ戻ってゆきました。

パソコンの習い夢中に夜を籠めて覚むれば二十一世紀の朝

介護保険で「要介護一」と認定され、ホームヘルパー、訪問看護婦と近くに住む娘の手で何とか独り居をしております。

ヘルパーと娘に支えられ人並みに暮らす独り身要介護一

妻を介護していた頃、家に引き籠もらないように心がけ、時々二人で郊外へ手を携えてハイキングに出掛けました。今になってみると懐かしい思い出です。

暮れなずむ里山の道連れ立ちて帰ることなし君亡き後は

今、三つの老人病を持っていても、余命が告知されようとも、デイサービスのボランティア、「呆け老人をかかえる家族の会」などに関わって社会との接点を持っております。幸福そうな人々を見ると微笑ましく何か温かいものを感じます。

憂きことの多く持ちたる身なれども羨《とも》しきことの無き余命なり

心臓病、脳梗塞、末期ガンを持っていますが、現在のような快適で、生き甲斐のある人生を終末まで続けられるよう願っております。

高齢の病のセット持つ身なれば永きを願う良きＱＯＬ

(quality of life／所謂《いわゆる》生活の質)

人が生きることは自然と一体であるとつくづく思います。そして唯一の望みは自分は何を為し得たか。せめて人生の秋を美しく飾りたいものです。

人の世は春萌え出《いで》て夏茂り秋を飾りて散る葉の如し

拙著『こういう介護もある』（文芸社刊）の縁で歌の師に出会いました。以後、励ましを受けながら詠んでおります。

たまさかに詠う三十一文字の師に巡り会えたる老いの道行く

何となく仏壇の前に座り妻と娘の遺影をじっと見ている時、彼女たちはこれ以上、年は永遠にとらないと思うと誠に不思議な気がいたします。妻と娘はいつも私に微笑みかけてくれます。

歳の瀬を迎え亡き妻思うかな歳時は停まり永遠に生くると

家族四人の名前を入れて遊び心で詠んでみました。因みに、本人——希夫、妻——敏子、長女——裕子、次女——良子

希わくば敏《さと》き心の裕《ひろ》きをば良き人生の往く道として

●平成一三年一月

「今年こそは！」というような気負いはありません。二一世紀を無事に迎えることが出来ただけで十分です。昨日が今日になっただけですから。

歳明けて新たに思うこともなくただ幸多き晩年を謝す

娘が二人おりましたが、長女は平成七年七月、嫁ぎ先で病を得て僅か二カ月足らずで他界しました。施設にいる妻には混乱させては可哀想だと思い知らせませんでした。

嫁ぎたる娘の逝きしこと告げざれば妻に住みいし娘も永久に死す

現世では金持ち、その日の暮らしにも困る人、地位の高低など人様々ですが来世では全て平等です。唯一徳を積んだ人のみが通用するのではないかと思っております。

この世には貧賤富貴の差はあれど川を渡るは身一つなり

我々の日常の行動はすべて右にするか、左にするかを常に自分で決めなければなりません。決定できない人は決定しないことを決定しているわけです。その結果は自己責任です。このようなことを時々考え自分に当てはめてみます。暇潰しかもしれません。

為すなさぬ為す術知らぬ人のあり自己決定は人の世の常

兎にも角にも、やっと自己決定でこの年まで辿り着きましたが、その結果はどうなのか。「人は棺を蓋《おお》いて事定まる」という言葉が有りますが、願わくば命があるうちに知りたいものです

何もかも自己責任で迷い来し結果は老いの果てに知るなり

この世に生きるものは全て子孫を残すことが天から課された仕事の一つです。みなそれぞれ工夫をしています。人間の場合はどうでしょうか。

名も知れぬ草も花もて虫誘いこぼるる種の春に萌え出ず

●平成一三年三月

平成一三年一月はよく雪が降りました。庭の木、山の木立などは、その都度みな雪化粧をしています。今住んでいる家の雪景色は珍しいのでしばし見とれておりました。五年前、当地に移って来ましたが、庭先の景色は気に入っています。近所の人も良い人ばかりです。

寝覚むれば眼眩しき初雪に木々は装い競いておりぬ

私はあまり素直ではないようです。確かに雪が降った直後は白くて綺麗ですが、解けてしまえば元に戻ってしまいます。しかしこの時は素直な心になって、一切を忘れて初雪の積もった景色に見入っておりました。

初雪を置きたる庭は清浄に総て覆はれ暫し輝く

時折思います。アルツハイマー病患者の記憶は三歳位まで遡るのだそうです。ですから妻は或いはこのような夢を見ながら穏やかに逝ったのかもしれません。

亡き母に抱かれし幼《おさな》の夢見つつ妻は逝きたり天の花園に

妻は不治の病を昭和六一年から一四年間患い、そのうち九年間を在宅で介護しました。介護を続ける間、妻から多くの貴重な体験を教えられました。妻の病気は私に必要な天の配剤であったと確信しております。

惚けたる幾歳月を病み往きて妻は静かに仏となりぬ

前立腺ガンを持つようになってから、同病の士を求めて「ガン患者の会」に入りました。前立腺ガンの手術をした先輩にいろいろな体験を聞きましたが、大変なことだと思いました。私の場合は治療の選択肢が殆ど無かったのでかえって良かったと思えるほどです。

「癌の会」に集う人らは辛かりし体験語る言葉選びて

脳梗塞の後遺症で少々歩行がしっかりしておりませんが、ミニデイサービスのボランティアに参加しております。時々利用者と間違えられます。

デイサービスに病を連れて通う身はボランティアなり紙一重にて

九年前、菩提寺から戒名を戴きました。院号は、妻「信仰院」、我「信受院」。

惚け妻信仰院の仰望を受けて介護せし身は信受院

（二人の戒名の院号を入れて詠みました）

●平成一三年五月

朝早く庭の花壇に水を撒いておりました。やがて太陽が差し込むと如雨露《じょうろ》の水は七色に光り虹が架かりました。花達が水浴びを喜んでいるかのように。

水遣れば庭の花らはよろこびをシャワーの飛沫の虹に託しぬ

生きとし生けるものは、前世から現世に生まれたとき、天から何らかの任務を与えられるといいます。子孫を残すため花が咲くのもそのひとつでしょうか。

庭先のただ独り咲く名も知らぬ花も己の義務果たしおり

せっかく巡り会えた師が転勤で関西に転居することになりました。「逢うは別れの始め」とか。実感いたしました。しかし、今でも歌を送り励まされております。

縁ありて一期一会の楽しさも会者定離あることの寂しき

告知された末期ガンの余命の日限が近づいてきました。平成一四年二月です。今日までずっと、臨床効果があるといわれているサプリメントなどを用いてベストを尽くしてきました。勿論、緩和ケアにも月一度通っています。後は天命を待つばかりですが、告知された時より元気になったような気がしております。ガンの転移による一過性の骨痛が治まり、モルヒネを使わなくなったためでしょうか。

告知されし癌の日限《ひぎり》の近けれどこころ遊ばば悔ゆることなき

とは言いながら体調の悪いときは、自分が呻いているような気がして、早く朝が来ないかなあと切実に思うことがあります。敷地の右方には高圧線の鉄塔が聳えています。

高圧線の耐えて呻きの如く鳴く夜半の嵐はまだ去らざるや

●平成一三年六月

妻がまだデイサービスのお世話になっていた頃、芋掘り大会があり、私も一緒に参加しました。その時に撮ってもらった私達夫婦の写真を色紙の中心にして施設の方々が寄せ書きをしてくれました。妻の本入所が決まった最後のデイサービスの日でした。

芋掘りの妻の笑顔を真中にデイの寮母等《ら》記念の寄せ書き

次女がスープの冷めない距離に住んでおり、折々に温かい惣菜を届けてくれます。別に当てにしているわけではありませんが、やはり楽しみです。ついでに孫の話など聞きながらの談笑は、私の会話のリハビリにもなっております。

夕されば吾娘訪ね来る刻を待つ老いの独り居楽しからずや

写真を始めて以来のカラーフィルムをパソコンに取り込んでおりますが、二〇年近い昔の写真は懐かしいものが多く、ついプリントアウトしたくなります。

パソコンに過ぎし日の写真取り込みてプリントをする懐かしきとき

私の末期前立腺ガン告知の余命は三年です。ステージD２の場合、五年生存率は三〇パーセント、一〇年生存率は一〇パーセントといわれております（杉村芳樹著『前立腺の病気』の四〇ページ）。

生存率五〇パーセントを踏み越えば傘寿と共に亡き妻に告げむ

去年買ったパソコンを孫に教えてもらいながら、メールにも挑戦することにしました。インターネットのガン体験者のホームページも参考になりました。

去年《こぞ》の秋購い来たるパソコンのインターネット喜寿の手習い

夕飯を済ませ、テレビも見たい番組がない手持ち無沙汰なときなど、頭に浮かんでくるままに詠んでみますが、興が乗らない時のほうが多いかもしれません。

独り居の静けき宵の徒然に記憶のままに詠みて楽しむ

アルツハイマーの妻を介護したお陰で、福祉に関心のある、損得を離れた友人を得ると共に、関係する会合にも積極的に参加して新しい知識も得られます。妻の介護と、自分自身の病気にも感謝したい気持ちです。

齢老いて優しき友らに巡り会う得がたき宝を神は給えり

天は生きとし生けるものそれぞれに任務を与えてこの世に送り出したのだといわれます。妻は私の修行を見届け、今、その任務が終わり天からもう還ってこいとの命令を受け天に駈け昇ったのでしょう。では、自分の任務は？　それは、妻がこの段階に至るまで助けてくれたので、今後一層無償の奉仕を続けることであると思います。

現世《うつしよ》に生れし人らは皆神の与えし使命を帯びて生くとぞ

●平成一三年七月

横浜市の久保山で生まれ、関東大震災を生き延び当地で育ちました。所謂「ハマッ子」です。ここ港北区の斎場も久保山です。私達夫婦の幕引きも久保山で行なうように娘に頼んであります。しかし、既に妻はここで遺骨となり菩提寺に納骨されました。

久保山に生《あ》れて戦火を生き抜きぬ白雲高き久保山斎場

たとえ足もとが暗くても一条の光明が見えればどんなに心強いことでしょう。希望も湧いてきます。希望は「良く生きる」ことの源泉であると思います。

老い先は道標《みちしるべ》なき闇なれば神灯《みあかし》をもてめじるしとせむ

老人病の問屋のような私ですが、月一回の泌尿器科の診察と緩和ケアを受けており、時々ボランティア活動をすることで毎日が快適で生き甲斐を感じております。それはいつも医師に見守られている安心感と、心身を自己管理している緊張感が毎日を快適にしているのかもしれません。

癌心臓病脳梗塞と生きおれど病人意識打ち忘れおり

どうやらガンとのゲームには勝てそうです。告知の余命の日限はクリア出来そうだし、告知のお陰で身の回りの整理も概ね出来たし、ほかに心配事もありません。若い時には想像もつかなかった有り難い毎日です。

癌告知され余命も既に知りたれば老いの世にして怖るることなき

今日も雨が降っています。平成九年に発病した脳梗塞の後遺症のため、自由に動き回れず、無理をすれば心臓に悪いので草取りが出来ず庭は草ぼうぼうです。いつの間にか大きくなった紫陽花が美しく咲いていました。

夏草の茂るにまかす荒れ庭の雨にひときわ青き紫陽花

ミニデイサービスで紙粘土のハットを作りました。彩色して利用者一同大満足でした。ここではいつもこのような手作業をしますので、私の出番は時々しかありません。

老人ら作りしハット捧げ持ち面を崩すミニデイサービス

●平成一三年八月

病気を抱え何かと不自由さを感じると、つくづく健康体の有り難さが身に沁みます。ガンの場合、同病者の話を聞いているうちに、痛みさえ抑えられればそれで良いと考えるようになりました。

失いて初めて識りし健康の永きを願う老いたる今は

シルバー人材センターにお願いしてあった草取りに、私と同年齢の元農家の男性が来てくれました。丁寧な仕事ぶりでした。

荒れ庭の草取りに来し七十九《しちじゅうく》歳同じ齢《よわい》を我も生きおり

今日は蟬時雨です。思いを馳せれば、長い間地中で暮らし、やっと夏に地上に出れば儚い命です。それでも文句を言わず鳴いてくれます。いや、文句を言いながら鳴いているのかもしれません。天はそれぞれの生き方を与えてくれました。

鳴く蟬のいくとせ土に籠もりしかしみ入る声に心奪わる

庭の前の道を子供たちが大声で騒ぎながら捕虫網を振りかざして何か追っています。私の幼い頃にもよく同じようなことをしていたものです。

幼らの蝶追う白き捕虫網遠き一齣《ひとこま》ふいに甦《かえ》りぬ

私の家に来てくれる訪問看護婦さんが、新たに入院した患者さんの中に、こんな人もいると話してくれました。

ホスピスに入りても歌を詠む人は仲間が欲しと看護婦に言う

●平成一三年九月

月曜日に来てくれるホームヘルパーが、私がその花を見たことがないと言ったのを覚えていて、日曜日なのにわざわざ採りたての花を持ってきてくれました。後日お礼にデジカメで撮ったプリントを差し上げました。彼女はこれを玄関に飾ってあると言っておりました。

山歩きの帰りと言ひてヘルパーはからすうりの花届けくれたり

庭の向かいの堤防に遊歩道があります。九月に入り漸く涼風が立ち始めました。

初秋の風に誘われ散歩の人ジョギングの人堤防をゆく

漸く夜が明けた頃、大きな声で話しながら歩いている人々がいます。自分も朝の散歩をしてみたい衝動に駆られます。しかし、それが出来ない自分が情けない思いです。

堤防に初秋風の通うらし散歩の声の明け方に聞こゆ

時には涼をとりながら男女の一団がゆっくり歩いて行くこともあります。

朝まだき聞こゆる声の賑はしく束の間の涼求む人らし

●平成一三年一〇月

一〇月に入ると虫たちの合唱が始まりました。懐かしい合唱です。

庭に出でしみじみ聞くや虫時雨走馬灯のごと団居《まどい》浮かびぬ

家の中で虫の音を聞いていると、何となく感傷的になるのは私だけでしょうか。過ぎし日の喜び、悲しみ、後悔などをしみじみ思い出します。

虫の音のすだく今宵を独り居て死児の齢を数え居るかな

年の頃は九〇歳位でしょうか。この女性の話を傾聴しているうちに、問わず語りに自分の信条を話し出しました。話の内容に共感することも多く、幼時に於ける教育の力の大切さを今更ながらに感じました。

デイサービスに来し老い人の語らいに心の蓮《はちす》視る思いなり

休みの日は子供たちの天下です。暗くなるまで騒いでいた子供たちも三々五々家に帰ったのでしょうか。そのうちに静かな時が戻って参りました。

夕まぐれ遊び疲れし子らのこえ何時のほどにか遠ざかりけり

孫は私の趣味が写真なのを知っているので、美しい風景写真を撮るチャンスを教えたかったのでしょう。

夕焼けに映える景色の美しさ「ケータイ」に孫は伝え来たれり

庭先の紫式部の実がたわわです。紫色に光る枝を妻や娘に見せたいと思いました。

撓《たわ》みつつ紫式部の光る実に思わず手折り仏壇に飾る

秋も大分深くなってきました。そんなある日、妻の実家から宅急便が届きました。粒が揃った大きい栗を見て、娘らが幼かった頃、従姉妹や両親を交えてみんなで年中行事の栗拾いをしたのを思い出しました。特に昼ご飯のバーベキューを思い出します。

亡き妻の実家《さと》より栗の送り来て在りし団欒《まどい》の眼間《まなかい》に浮かぶ

二〇年ほど昔の古い写真を整理しておりましたが、どれを保存したら良いのかがなかなか決まりません。一枚一枚が懐かしい写真ばかりでした。写真の整理はまだ当分済みそうにありません。

古びたる写真をパソに取り込むを滞らしむ懐旧の情

朝早くガラス戸を開けると、虫が一匹力なく鳴いています。昨晩あれほど賑やかだった虫たちはどこに隠れてしまったのでしょうか。

朝明けに聞こゆる細き虫の声のいずくにありやその同胞《はらから》は

逢うは別れの始めとか。宇宙の摂理は人力の遠く及ばないことを悟らされました。

しかし肉体は消滅しても、その心の絆は断ち切れないと思います。

妻と娘を喪いて識る会者定離定め事とは悲しきものかな

カーテンを閉めようとして、何気なく見上げると秋の夜空に月がこうこうと輝いておりました。私を励ましているのか、同情しているのかはこちらの心次第です。

独り居の物思うままに見上ぐれば弓張月はじっと吾を見る

子供が幼かったころ、夜空を見ながら「人が死んだら星になってみんなを見守ってくれるのですよ」とよく妻が子供に話してやっておりましたが、残念にもそれが現実になってしまいました。

弦月の去りし虚空に点々と煌めく星は亡き妻よ娘よ

我が家の墓所は電車で約四時間、しかも、墓まで長い急な階段がかなりありますので、体調を考え今年は墓参を中止いたしました。

墓詣り為し難ければ仏壇を拝みて代えるこの秋彼岸

「ぼけ老人をかかえる家族の会」の例会で、私と全く同じコースを辿っている人を知りました。介護の期間やガンの進展度は、違いこそすれ同志がいることを心強く思いました。同席の保健婦さんに「嶋田さんの顔がパッと明るくなった」と冷やかされました。

病む妻を入所させたる介護者は癌も持ちおり我と同じく

高校二年生の孫が、北海道の修学旅行の土産にと小さい花瓶を持って来てくれました。「海老鯛？」などとは考えておりません。素直に「有り難う」と言いました。

道東の修学旅行の土産とて孫の呉れたるガラスの花瓶

「ぼけ老人をかかえる家族の会」で新会員の話を聞いているうちに、過去の介護中の自分のことが蘇ります。しかし、それが今は懐かしく感じるから不思議です。

ぼけの介護話題は全て《なべ》我が為せし妻の介護を思い出さしむ

私の部屋は南北に長いので風通しがよく、北側の窓を開けると一陣の風が通り過ぎます。「誰が風を見たでしょう、僕もあなたも見やしない……」という歌を思い出しました。私は「木の葉を震わせて」ではなくカーテンの揺れで風を見ました。

北窓を開ければ流るる秋冷の朝明《あさけ》の快気居間を満たしぬ

友人から私の意見を聞きたいという電話が掛かってきました。友人の話をしばらく聴いているうちに、話がいつの間にか本題からそれてしまいました。頼りないと思ったのでしょうか。

選択肢多きを悩む友ありて傾聴すれば自己決定せり

ボランティア仲間に七〇代の男性がおります。ほとんど毎日車での送迎、デイサービスの手伝いなど無料奉仕をしております。尊敬に値します。

老人の送迎する老ボランティア一〇年前でも我《われ》出来申さず

心臓病、脳梗塞、ガンを持っておりますが、ここのところ体調が良く、思い切って京都へ旅行いたしました。将来の体調は分かりませんから現在を楽しんでおります。この旅行が出来たのは障害者、高齢者を対象とした団体が、バリアフリーを目標としていてホテルや移動も少々高くつきますが、有り難く利用いたしました。

高齢の病《やまい》三つを持ちおれば旅に加わるこれが最後と

すすきの穂が一面に広がっております。夕日は釣瓶落としに地平線に沈みました。

茅野《かやの》の穂を夕焼け色に染めて陽は一際輝き落ちてしまいぬ

今日まで生きてきて一体何が出来たのか。何も出来なかった平凡な人生もひとつの「こういう生き方もある」と考えることに致しました。

人生の落日近き昨日今日せめて一世を飾るものありや

思えば関東大震災、太平洋戦争を生き延びて、人生の後半には痴呆の妻の介護、そのほか老人病を得る等、一見不幸のように見えますが、これらの体験が私を鍛え、相手の立場に立って物を考える習慣を身につけさせ、病気を持って初めて識ることが如何に多かったことかを気づかせてくれました。

特に、脳梗塞の急性期に約一週間、すべてを看護婦さんにお世話していただいた時、妻の介護について、まさに眼から鱗が落ちたような気が致しました。しかし、妻は現在施設に入っておりますので、せめてその一部でも還元しようと足繁く通いました。今考えてみるとすべてに幸運が味方してくれたような気がします。

人生は幾多の試練修羅場ありくぐり抜ければ感謝あるのみ

歌を詠むときは頻繁に辞書を使います。もう草臥《くたび》れました。しかし、歌は続けたい。

広辞苑の嵩ばり重く文字小さく扱いかねて電子辞書買う

●平成一三年一一月

気持ち良いのか、自分のことで夢中なのか、近づいても平気です。すっかり心を許しているようです。気がつかないのかもしれません。

晩秋の日溜まりに居るかまきりの身繕いのさま間近に視ており

次女の嫁ぎ先の両親と疎遠になっておりますので、先日娘の発案で昼食を共にすることになりました。帰り道に我が家に立ち寄ってもらいました。先方の父親はパソコンにおいては大先輩です。ふと気がついたら、もう二時間も経っていました。

嫁ぎ先の親を招けば旧交を温めくれし趣味のパソコン

「ガン患者の会」に、前立腺ガンの治療で、手術は成功したものの予後が悪く、悪戦苦闘している人がおりました。QOL（生活の質）が良くなければ辛い毎日ではないかと思います。しかし一方で、「神様が与えてくれた試練なのだからこれに耐えることによって天国に入れる」と、痛みと苦闘している人もあると聞きます。人それぞれです。しかし、私は平均寿命に近いので、長く生きるより少々死期が早まっても快適に過ごせるほうを優先致します。

前立腺ガンの全てを摘《と》りて成功と言われし手術予後は如何にぞ

だいぶ涼しくなって木の葉が道を彩っています。病院には月二回必ず通います。足下が少々怪しいのでふらつくこともあります。

通院に落ち葉の道を独り行けば影のふらつく我が従き来る

一〇月半ば頃、「ぼけの正しい理解」についての講演がありました。あらかじめ配られたプリントを見ながら熱心に話を聞いてきました。痴呆に限らずガンの場合も、自分の病気についての正しい知識と理解を持てば不安を軽くすることが出来ると思いました。

講演に集いし介護する人ら頷きながらレジュメにメモする

最近時々見かけます。介護の大変さを思うと胸が痛くなります。私も出来るだけ妻を連れて街の中に出るように努力致しました。万一の場合に備えてトイレの場所も覚えました。

表情失せ運びの遅き病む妻を連れるを見れば昔心地す

今までのいろいろな出来事は、天から与えられた試練だったのでしょうか。最近になって漸くそう思えるようになりました。

憂きことの多き昔をようやっと天意の業の試練と思ほゆ

この本が刊行される頃には、告知された三年の余命の日限をクリアして傘寿を迎えていることでしょう。御先祖のご加護も願っております。

前立腺ガン余命の日限《ひぎり》過ぎ越せり吾妻吾娘《あずまあこ》らの加護を給いて

人生の収穫期と言うべき六〇歳を過ぎた頃からアルツハイマーの妻の介護、娘の早世、心房細粗動、脳梗塞の後遺症、平成一一年に発見された末期前立腺ガンなどと相次いで遭遇いたしました。

しかし、これらの病気と対決しようとか、征服しようなどとは思ったこともありません。むしろ病と共生していくほうを選びました。喧嘩をしても勝てる相手ではありません。たとえ何れかの方法で勝ったとしても肉体が耐えられず、命を落としては何にもなりません。今までノホホンと生きてきた、せめてもの償いとして人生の終末に際し、見返りを求めぬ他人への奉仕により、与えられた義務を果したいと思います。そして、ガンの再燃や遠隔臓器への転移によっていつ終末を迎えるか、死と背中合わせで如何に病気と共生するか、を天から教えていただいているような気が致します。

「頑張るな、軽く楽しく一心に」（故千田是也氏のモットー／朝日新聞より）。

人生はマラソンにたとえられます。私は落伍せず、完走出来さえすれば上出来だと思っております。たとえビリでも……。走っている間の苦しさの記憶は時と共に次第に薄れ、完走した喜びのみが残るのではないでしょうか。

老いに入り厳しきことの多かれどいつしか時に癒されて居り

●平成一三年一二月

妻は可憐な花が好きでした。特にこの花は……。当時の家の庭に沢山咲いており、形の良いものを鉢植えにして手に持って家の中をよく徘徊していたものです。現在のマンションの庭の落ち葉の中に隠れるように咲いていました。

亡き妻の愛でて愛でにし吉祥草落ち葉の陰に人知れず咲く

雑草に苛められていじけておりましたので、のびのび育つように庭に移してやりました。うまく根付くかそれが問題です。

ヘルパーに頼りて摘みし草陰の十二単《じゅうにひとえ》を庭に移せり

春蘭が鉢の中で雑草と同居しています。あまりにもかわいそうなので植え替えました。株を分けたら五鉢になりました。各々新居で気持ちよさそうにのびのび育っています。

春蘭の乱れたる鉢株分けす新しき土新しき鉢

かつて我が家に来てくれたヘルパーの連れ合いが亡くなりました。彼女は三年経った今でも病院通いをしております。看取り終えて、「がっくり」きて健康を害する人が多いそうです。お互いに懐かしく、思い出話に花が咲きます。

夫看取り終え今は身を病む元ヘルパー時折出会う薬待つ間に

アルツハイマーの妻の動けるうちに思い出作りのために「フルムーン」を使って旅に精出しました。見事に染まった紅葉に二人で見入っていた洛北の情景が眼に映ります。

昔方《むかしえ》に君と訪ねし寂光院もみじ葉見れば昨日の如し

自然は雑草にさえも秋には実を付けさせます。しかし、人間に付く実はその人次第です。春には花を咲かせ、秋には僅かでも実を付けられれば本望です。

ほととぎすの咲き残りたる花二ついつの間にやら実を付けており

荒れ庭のみずひきの花秋過ぎてまばらなる実をひそと付けおり

初冬の畑に葉が開かないように紐で上部を結わえてある白菜が残っていました。「寒さに負けないぞ」と叫んでいるように見えました。

収穫の終えたる畑に二つ三つ霜げし白菜鉢巻をして

今日は暖かい小春空。あまり心地が好いので自分の仕事を忘れていました。

小春空満艦飾のベランダに我もいそいそ洗濯機回す

太陽は輝いています。自分独りでは出来ないのでヘルパーの来るのを待ち構えていました。

ヘルパーに頼みて共に蒲団干す天の機嫌のよき日ぞ今日は

デイサービスには高齢者と身障者が参加しています。彼らの手の回らないところはボランティアが手助けします。親子のような和やかさが満ちています。

クリスマスの燭台作るデイサービスボランティアと共に睦みて

娘の夫が単身赴任になりましたので、娘は時給で働き始めました。週三回ですが……。

アルバイトを始めし吾娘は忙しき家事の合間を来てくれるなり

先日友人と食事に行った帰途、電車を待っていたときのことです。その老人に聞き取りにくい悪態を浴びせられて考えさせられました。私の態度に彼の尊厳を傷つける何かがあったのに違いありません。反省致しました。

眼が合いて掌にて会釈をせし我を罵倒して去る老いの松葉杖

●平成一四年一月

人は何かの使命を負わされてこの世に生まれ出たと言われます。私の場合は何を果たしたか。余命を超える年明けにそれを考える余裕を持てるようになりました。

生き延びて担う使命はボランティア余命超えたる年明けに期す

前立腺ガンの余命の告知を受けてから、自分なりにベストを尽くしてきたつもりです。三十一文字も選択肢の一つでした。天が「もう少し生かしておいてやろう」と思ったのかもしれません。

命ありてガンの日限《ひぎり》を超える今日天の給いし恵み思えり

心臓病、脳卒中、末期ガンを持ちながらやっと八十路の登り口まで辿り着きました。天の恵みに後押しされ、ボランティアとして胸突き八丁を何処まで登れるか。「頑張るな、軽く楽しく一心に」努力して生きたいと念願しております。

元日の朝明けの光身に浴びて傘寿に入れる感慨深し

あとがき

　最後までお読みいただき有り難うございました。思えば事件の多かった人生の後半でしたが、三十一文字を詠むことによって自分の内なる心を具体的に表し、心を癒すことができたような気が致します。

　病気、特にガンを持った後は私の人生観を或いは信条を真剣に考える場を与えられ、病気を持つのも悪くなかったとつくづく思いました。勿論、夫婦二人で無事息災に暮らしていたらと思うこともあります。しかし、今こうして私が在るのは妻を介護したことが原点であり、特に末期ガンを告知された時、それほど狼狽しないで済んだのも、この「原点」があったからこそと感謝しております。

　人はいかなる時でも「死ぬ時は死ぬ、死なない時は死なない」、すべては天の采配であると考えておりました。このような考えを基に、残された時間を「頑張るな、軽く楽しく一心に」ボランティア活動をしながら人生の幕が下りる時「良い人生だった」と思えるような過ごし方をしたいと念願して参りました。しかし前立腺ガン末期の告知を受けて以来、一段と納得出来る人生観、死生観を持たなければ耐えていけないことを痛感して、先輩の話を聞いたり、本を読んだり或いは妻を介護していた当時のことを思い出してみたり、右往左往しながら一応左記のような考え方に到りました。

① 生あるものは現世に生まれた瞬間から死に向かっている。致死率は一〇〇パーセントである。昔から「生者必滅」という言葉がある。

② 生きとし生けるものは宇宙の微細な一片から生まれ、また宇宙に戻っていく循環の一部にすぎない。

③ 人はこの世に生まれる時に何らかの任務を与えられているといわれている。

④ 死とは与えられた任務を終えて宇宙に還ることであると思う。

⑤ 宇宙にはこれを支配する人智、人力を遙かに超えた偉大なる力の持ち主が存在する。

そして人間はこの力の持ち主を「神」として畏れたのではないだろうか。

以上を私の独断と偏見で書きました。勿論この考え方に同意出来ない向きもあるかもしれませんが、人々の考えは千差万別です。私の「こういう生き方もある」ことに少しでも共感して戴ければそれ以上の喜びはありません。
最後に、本書を出版するにあたりお世話になりました関係者の皆様方に、深甚なる感謝の意を捧げます。

―私の処世訓―

天は、自ら助くる者を助く
人事を尽くして天命を待つ

平成一四年三月

著者

著者プロフィール

嶋田 希夫（しまだ まれお）

大正11年５月　横浜に生まれる
昭和17年９月　関東学院高等商業部卒業(戦時の繰り上げ卒業)
昭和19年５月　仙台陸軍飛行学校入学
昭和28年６月　妻敏子と結婚
昭和62年７月　妻はアルツハイマー病と診断され初期の対応の指導を受ける
昭和63年３月　痴呆の妻の介護に専念するため退職
平成10年10月　『こういう介護もある』（文芸社刊）出版
平成11年２月　前立腺ガン末期余命３年の告知を受ける

•その他
平成６年５月　瀬谷保健所より痴呆高齢者介護セミナーの講師の依頼を受ける（中間省略）
平成13年12月　横浜高齢者グループホーム連絡会より講師の依頼を受ける。

既往の心臓病、脳梗塞後遺症、末期ガンを抱えながらデイサービスのボランティア、現在に至る
「呆け老人をかかえる家族の会神奈川県支部」、「虹の会」（ガン患者の集い）の会員

こういう生き方もある

2002年５月15日　初版第１刷発行

著　者　嶋田 希夫
発行者　瓜谷 綱延
発行所　株式会社 文芸社
〒160-0022 東京都新宿区新宿1-10-1
電話 03-5369-3060（編集）
03-5369-2299（販売）
振替 00190-8-728265

印刷所　株式会社平河工業社

©Mareo Shimada 2002 Printed in Japan
乱丁・落丁本はお取り替えいたします。

ISBN4-8355-3779-3　C0095